Autobiographie

Eduard Mörike

Ich bin am 8. Sept. 1804 zu Ludwigsburg geboren, ein Sohn des im Jahre 1817 als Landvogtei- und Oberamtsarzt verstorbenen *Dr.* Karl Friedrich Mörike. Von dessen Seite war mein Großvater, Gottlieb Mörike, Hofmedikus in der gedachten Stadt. Es schreibt sich die Familie, seitdem sie in Württemberg bürgerlich ist, von Neuenstadt am Kocher her, wohin die ältesten bekannten Vorfahren aus Havelberg in Preußen eingewandert sind. Mein Großvater von mütterlicher Seite war Christian Friedr. Beyer, Pfarrer zu Beuren OA. Nürtingen.

Ich befand mich als Knabe in einem lebhaften Kreis von mehreren Geschwistern, die an Alter teils vor teils hinter mir standen. Die Verhältnisse meiner Eltern waren für die erste Entwicklung der Kinder günstig genug; allein es konnte der Vater bei einem äußerst geschäftvollen Amte, das ihn den Tag über meist außer dem Hause festhielt, bei der rastlosen Tätigkeit, womit er selbst daheim nur seiner Wissenschaft lebte, an unserer Erziehung nur den allgemeinsten Anteil nehmen. Wenn er auf uns wirkte, so geschah es zufällig durch einzelne Winke oder gewissermaßen stillschweigend durch den so liebevollen als ernsten Eindruck seiner ganzen Persönlichkeit; ausdrücklich belehrend war seine Unterhaltung selten, und gegen die Jüngern, zu denen ich gehörte, faß niemals. Dagegen konnte uns im Sittlichen die Mutter auch statt alles anderen gelten. Durch ihre Zärtlichkeit, ihr reines Beispiel und durch ein Wort zur rechten Zeit gesprochen übte sie ohne studierte Grundsätze und ohne alles Geräusch eine unwiderstehliche sanfte Gewalt über die jungen Herzen aus. In tieferer gemütlicher Beziehung aber hatte die Eigentümlichkeit eines älteren Bruders den größten Einfluß bald auf mich gewonnen. Was nur ein jugendlicher Sinn irgend Bedeutungsvolles hinter der Oberfläche der äußern Welt, der Natur und menschlicher Verhältnisse zu ahnen vermag, das alles wurde durch die Gespräche dieses Bruders auf einsamen Spaziergänger wenn ich ihn manchmal auch nur halb verstand, in meinem Innern angeregt, er wußte den gewöhnlichsten Erscheinungen einen höheren und oft geheimnisvollen Reiz zu geben; er war es auch, der meine kindischen Gefühle zuerst mit mehr Nachhaltigkeit auf übersinnliche und göttliche Dinge zu lenken verstand.

Indes besuchte ich die lateinische Schule, man ließ mich einen Anfang in den andern alten Sprachen machen, um seiner Zeit, wenn über meine Bestimmung entschieden werden sollte, vollkommene Wahl zu haben. Mein Vater wünschte nicht, daß einer seiner Söhne seinen Beruf ergreife, und man war, besonders auf den Wunsch eines verehrten Oheims, schon ziemlich übereingekommen, mich dem geistlichen Stande zu widmen.

Im Jahr 1815 erkrankte mein Vater auf bedenkliche Art. Infolge übermäßiger Anstrengung bei Gelegenheit einer in der Stadt und Umgegend ausgebrochenen Seuche, wobei er selbst zu Nacht sich wenig Ruhe gönnte, ward er sichtbar geschwächt, und es bereitete dieser Zustand einen Schlaganfall vor, der erstmals bei der besonderen Veranlassung eintrat, daß den sonst so kraftvollen Mann der Anblick seiner sterbenden Mutter aufs äußerste ergriff. Mit diesem Tage begann das Glück unseres Hauses in mehr als Einem Betrachte zu sinken. Noch fürchteten wir nicht das Schlimmste; auf den Gebrauch des Wildbads zeigte mein Vater einige Besserung, er ließ sich nicht abhalten, seine gewöhnlichen Geschäfte wieder zu versehen. Wiederholte Bäder in folgenden Jahren taten die erste Wirkung nicht mehr, er wurde hinfällig und mußte sein Amt übergeben. So war also der unermüdet fleißige Mann, welcher, wie seine unvollendet hinterlassenen Schriften bezeugen, der wissenschaftlichen Welt ebensoviel zu werden gedachte, als er in seinem engern Wirkungskreise der Stadt und dem Lande durch persönliche Hilfleistung gewesen war, nun auf einmal aus seiner gesegneten Tätigkeit für immerdar herausgerissen und in die äußerste Ohnmacht versetzt. Außer der ganzen linken Seite seines Körpers waren auch die Sprachwerkzeuge beinahe völlig gelähmt, das Gedächtnis auffallend geschwächt, selbst die Denkkraft hatte gelitten. Wenn nun das Vertrauen so mancher, denen er sonst seine Dienste gewidmet und im eigentlichen Sinne des Worts geschenkt hatte, sich auch jetzt nicht wollte abweisen lassen und ihn mit rührender Zudringlichkeit bis in sein Krankenzimmer verfolgte, wenn er, die Feder in der zitternden Hand, den rechten Ausdruck suchte und nicht fand und er zuletzt mit unterdrückter Wehmut die Leute wieder entließ oder, höchst reizbar, wie er war, in einen Zustand ungemessener Heftigkeit geriet, so daß ihm niemand, meine Mutter kaum, sich nähern durfte, wenn oft der jammervoll Dasitzende mich unter Tränen zwischen seinen Knien hielt und mir ein schwer zu erratendes Wort mit Liebkosungen gleichsam abschmeicheln wollte, um den andern zu sagen, was er verlange so waren das Augenblicke des herzzerreißenden Elends, die unauslöschlich in meiner Erinnerung stehen. Hier mußte der Knabe den Ernst des Lebens, dem er entgegenwuchs, und die Hinfälligkeit alles Menschlichen mit erschütternder Wahrheit empfinden. In diesen bangen Zeiten war es aber auch, wo sich die unerschöpfliche Liebe meiner Mutter, ihre Umsicht, ihre Geistesstärke, ihre fromme Treue auf eine Weise geoffenbart hat, die nach Verdienst zu rühmen, wenn hier der Ort dazu wäre, mir ihre eigene Gegenwart verböte. Die Leiden meines Vaters dauerten volle drei Jahre. In einer Nacht, wir Kinder schliefen schon, rief man uns unvermutet an sein Bette, er lag bewußtlos da und man erwartete sein Ende; wir knieten um ihn auf dem Boden, die Mutter betete und noch hör ich den Ton, womit das Lied von ihr gelesen wurde: Gott der Tage, Gott der Nächte, meine Seele harret dein. Hierauf entfernte man die Kinder, da sich die Auflösung noch länger zu verzögern schien. Am andern Morgen bei unserem Erwachen sagte man uns das ganz unfaßliche Wort, daß wir jetzt keinen Vater mehr hätten. Dies war der 22. September des Jahres 1817. Beim Leichenbegängnis trat der Oheim, dessen ich oben gedachte, der würdige, nunmehr auch heimgegangene Präsident Georgii, dessen Namen kein Vaterlandsfreund ohne Hochachtung nennt, mit der Erklärung hervor, er wünsche mich zu sich nach Stuttgart zu nehmen und meine Bildung zu fördern, ein Anerbieten, das meine Mutter mit Dank, ich selbst mit Begierde ergriff.

Noch kann ich nicht umhin, bei diesem Zeitpunkt eines andern inniggeliebten Oheims zu gedenken, des Herrn Pfarrers M. Neuffer zu Bernhausen, früher zu Benningen bei Ludwigsburg. Von jeher hatte zwischen ihm und den Meinen ein steter traulicher Verkehr bestanden, in seinem gastfreundlichen Hause war die reinste Anmut eines gesellig heitern Familienlebens zu finden, und so wie er mit seiner lieben Gattin einst in Tagen unsres ungetrübten Glückes als Freund uns unzertrennlich nahe blieb, erwies er sich auch jetzt, da ich so viel und immer mehr veränderte, als sorgsamster Berater einer Witwe und der von ihm in Pflegschaft übernommenen Waisen.

Ich war nunmehr in Stuttgart und besuchte, vom Hause jenes Verwandten aus, wo ich gleich einem Sohn gehalten wurde, das Gymnasium. Mit wenig Worten kann ich meinen Wohltäter als einen Mann bezeichnen, welcher durch manchen Zug seines entschiedenen Charakters an die fromm-kräftigen Gestalten aus dem Altertum, wie sie durch Schilderung uns überliefert sind, erinnern mußte. Mit einer gründlichen Gelehrsamkeit verband er die strengsten rechtlichen Grundsätze, die feurigste Liebe zum Vaterland, und wenn in dieser Richtung sein Eifer oft an Härte streifte, so war sein Wesen doch im ganzen durch eine große Herzensgüte, vorzüglich aber durch den Geist eines lebendigen Christentums und einer wahrhaft demütigen Gottesfurcht gemildert. Von meinen Stuttgarter Lehrern erwähne ich mit besonderer Achtung und Anhänglichkeit den damaligen Herrn Professor Roth, jetzigen Rektor in Nürnberg. Seine Behandlung war der Art, daß ich zum erstenmal in meinem Leben ohne Zwang etwas zu lernen anfing. Nun kam der Tag der Konfirmation heran, nachdem ich als Vorbereitung dazu den herzgewinnenden Unterricht des Herrn Prälaten v. Flatt, damaligen Stiftspredigers, zu genießen das Glück gehabt hatte. Sein Segenswunsch erinnerte mich mit rührenden Worten an meinen vollendeten Vater und ich fand mich in meinem Innern zu dem stillen Gelübde bewogen, von nun an ernsthafter, frommer, fleißiger zu werden. Sofort nach bestandener letzter Schulprüfung, dem sogenannten dritten Landexamen, ward mein Beruf zum Prediger entschieden ausgesprochen; im Oktober 1818 wurde ich mit mehr als dreißig Zöglingen in die neuerrichtete Klosterschule zu Urach aufgenommen.

Mein Einstand war insofern nicht erfreulich, als mich gleich in der ersten Woche das Scharlachfieber auf die Krankenstube brachte, worin ich über einen Monat zuzubringen hatte. Uebrigens fand ich mich bald in das Geleise meiner neuen Studien, die mir nach und nach einen deutlicheren Blick auf den letzten Zweck all dieses Lernens und Uebens gewährten. Die prachtvolle Gebirgsgegend, das schöne Thal, worin wir wohnten, das engere Zusammensein mit einer Menge junger nach Art und Begabung höchst verschiedener Menschen, die Eigentümlichkeit der Lehrer, die Bekanntschaft mit Büchern, die nicht unmittelbar auf meinen Beruf hinwiesen dies alles gab dem nun zum Jüngling erwachsenden Knaben in einer abgeschlossenen und einförmigen Lage die mannigfaltigste Anregung. Die Begriffe gewannen nun schnell einen größeren Umfang, Gesinnungen und Neigungen bestimmten sich; mit Ueberraschung sah ich eine reiche Welt des Geistes vor mir aufgetan, deren Widersprüche bereits auf mich zu wirken begannen, so daß ich das, was ich mein Eigen nennen konnte, was vom Empfangenen mit meinem innersten Bedürfnisse zusammentraf, nur immer heimlicher und fester an mich zog.

In höherem Grad wuchs freilich die Bewegung, als ich im Jahr 1822 auf die Universität in Tübingen gelangte. Wenn ich mich dort in einem kleinen Kreis von gleichgestimmten Freunden zurückgezogen hielt, so wurde ich dadurch vielleicht von einer Seite vor manchen Abwegen bewahrt, von der andern aber waren mir solche doch nicht abgeschnitten, denn meine geistigen Bestrebungen, obwohl ich damit auch nur das Beste, was in meiner Natur gelegen schien, auf eigene Hand und Rechnung zu entwickeln unwiderstehlich angetrieben war, drohten mich von meiner Bestimmung eher ab- als ihr entgegenzuführen. Daß ich aber diesem Studium dennoch niemals entfremdet, vielmehr ihm in der Folge wieder völlig zugewendet wurde, verdanke ich nächst der Beschränkung meiner äußeren Verhältnisse, nächst den wiederholten Mahnungen jenes Stuttgarter Oheims, vorzüglich dem Umgang und der leisen Leitung eines vertrauten Freundes, an welchem späterhin die Kirche einen von Jesu Evangelium innigst durchdrungenen Diener durch seinen frühen Tod verlor. Von Männern, deren öffentlicher Unterricht in Tübingen mir zu gute kam, nenne ich die verehrten Herren Professoren Eschenmaier, Tafel, Steudel, Schmied, Haug und zugleich mit Empfindungen persönlicher Dankbarkeit den seligen Herrn Prälat v. Bengel.

Zunächst sei aber jetzt noch zweier trauriger Familienereignisse erwähnt, wovon das eine in die Mitte meines Tübinger Aufenthalts, das andere in meine erste Vikariatszeit fällt. Ein jüngerer Bruder, herrlich blühend an Leib und Seele, mit ungemeinen Gaben ausgestattet, eine ältere Schwester, von der das Gleiche gilt, nur mit dem Unterschiede, der sie zugleich vor so vielen ihres Geschlechts und Alters ausgezeichnet daß bei ihr die geistigen Kräfte bei aller Heiterkeit des Gemüts durch einen großen, ja ich darf es sagen himmlischen Ernst veredelt und gereift, im schönsten Gleichgewichte standen beide Geschwister wurden uns in einem Zeitraum von drei Jahren nach des Allmächtigen Willen entrissen. Den Bruder tötete die Ueberfülle der Gesundheit ohne irgend einen Vorboten der Gefahr, die Schwester welkte sichtbar längere Zeit dahin. Von ihr darf ich bekennen, daß sie mir in vorzüglichem Sinn angehörte; von wie mancher Torheit, mancher Uebereilung hielt sie mich zurück! wie sehr war ihre ruhige Klarheit, ihre liebliche Hoheit geeignet, auch über die jüngeren Geschwister eine wohltätige Herrschaft auszuüben und sich in jeder häuslichen Pflicht an die Seite der Mutter zu stellen. Ich sage nichts vom Grame der letzteren und nichts von meinem Schmerz bei diesem doppelten Verlust, wodurch mein ganzes Dasein umgewälzt und für die Zukunft jede Lebensfreude voraus von mir genommen schien.

Im Herbste 1826 wurde mir das Vikariat zu Oberboihingen bei Nürtingen gegeben, das ich jedoch bald mit dem zu Möhringen auf den Fildern vertauschte. Von da kam ich als Pfarrgehilfe nach Köngen, Nürtinger Dekanats. Das herzliche Wohlwollen des dortigen Herrn Pfarrers Renz, eines vielseitig gebildeten feindenkenden Greises, wird mir für immer im dankbarsten Gedächtnis eingeschrieben bleiben. Doch dauerte mein Aufenthalt auch hier nicht lange. Meine ganze innere Verfassung in jener Uebergangsperiode, der bisher mühsam unterdrückte Zweifel, ob ich denn auch wirklich zum Geistlichen tauge, dabei mein angegriffener Gesundheitszustand, drängte notwendig zu dem Entschluß, auf einige Zeit dem kirchlichen Dienst zu entsagen. Ein Jahr etwa brachte ich teils bei Verwandten in Oberschwaben, teils in Stuttgart zu, wo ich für mich arbeitete und ewigen Anteil an öffentlichen Blättern nahm. Auch fand sich günstige Veranlassung, eine kleine Reise nach Bayern zu machen. 1829 kehrte ich mit neugestärktem Mute zu dem mir immer lieb und teuer gebliebenen Beruf zurück. Ich kam als Pfarramtsverweser nach Pflummern bei Riedlingen an der Donau, hierauf in eben dieser Eigenschaft nach Plattenhardt auf den Feldern, von dort nach Owen bei Kirchheim u.T. als Gehilfe des seligen Herrn Stadtpfarrers Brotbeck, dessen Haus eine meiner freundlichsten Erinnerungen bleibt. Im Jahre 1831 ward mir die Amtsverweserei zu Eitingen, Dekanat Leonberg, übertragen, sodann auf meine Bitte das unveränderliche Pfarrvikariat zu Ochsenwang bei Kirchheim, welches, obwohl auf einem hohen Vorsprung der Alb gelegen, doch einen wünschenswerten und bis zu meiner anderwärtigen förmlichen Anstellung bleibenden Aufenthalt bot, der sich auch wirklich um so günstiger anließ, da ihn meine Mutter, welche zuletzt ihren Wohnsitz in Nürtingen genommen, mit mir teilen konnte. Ich habe bei dieser Gemeinde, die sich im ganzen durch ein treuherziges und vergleichungsweise mit andern unverdorbenes Wesen vorteilhaft auszeichnete, meine Pflicht als Seelsorger mit besonderer Liebe geübt und während fast zwei Jahren manchen Beweis der Zuneigung und des Vertrauens erfahren. Allein es zeigte sich das dortige Klima je länger je mehr als unvereinbar mit meiner Gesundheit, so daß ich mich im Herbst 1833 von dem mir so wert gewordenen Orte loszureißen genötigt war. Nun wurden mir ganz in der Nachbarschaft und schnell nacheinander die Diakonatsverweserei in Weilheim, hierauf die gleiche Stellung in dem mir schon bekannten Owen, endlich die Pfarrverweserei in Oethlingen erteilt, an welchem letztern Ort mich die erste Nachricht von der erledigten Pfarrei Cleversulzbach traf. Nachdem meine augenblicke Neigung für dieses mir sogar dem Namen nach bisher ganz fremd gebliebene Dorf durch freundschaftliche Schilderung der hiesigen Verhältnisse entschieden war, so wagte ich ein untertäniges Gesuch ohne sonderliche Hoffnung auf einen besseren Erfolg, als früher ähnliche Versuche hatten. Wie sehr war ich daher überrascht und gerührt durch meine wirkliche Ernennung! Wie neu und erhebend war mir der Gedanke, daß ich nunmehr gewürdigt sein sollte, von einer Gemeinde vollkommen Besitz zu nehmen!«